보통의 성도
anointed

anointed

너 성도여
무엇을 할 수 있겠는가.

나는⋯
내 잔은 넘치고 있습니다.

프롤로그

어느 밤 꿈에 말씀이 계셨다.
이 말씀은 곧 선생님이시라.
가라사대
내가 천국에서 글자 줍는 일을 맡
게 될 거라고 하셨다.
내가 받은 언약은 이것뿐이다.

그날 이후 성도라 불리던

나는 이 땅의 공로가 아닌
영원한 왕의 통치, 그 나라의
공의를 처음 바라였다.
생기가 불어오더라.
모든 허물을 도말하시며 죄를
대속하신 선생님의 십자가는
성도의 자랑이 되었다. 내가
부끄러워하지 아니하노니.

선은 십자가를 본으로 삼으며
상처가 두렵지 않겠습니다.
상한 마음의 예배는 끝날까지
열납될 것이며,
서로의 십자가를 바라볼 때엔
눈물이 멈추지 않겠습니다.

먼 훗날 부활은 세상 권세와

죽음을 이기신 그의 보좌
앞으로 우리를 인도하며,
멀지 않은 그날에 우리는
비로소 안식하겠습니다.

가라사대
이 책은 언약의 성취이자
예언입니다.

영생

선생님의 은혜로 성도가 되었습
니다.

선생님께서 나를 영원히 사랑하신
다니
나는 영생을 얻은 것이나 다름없
습니다.

사소한 부르심

아득한 바다 위
사소하게 절 부르시던 선생님의
음성을 기억합니다.
쫓아 뱃머리로
올라가니 배가 속삭였지요.

너 무모하지 말거라.
아무도 저자를 지켜주지 않은
것처럼

네 발은 반드시 실패할 것이라.
네 순수가 지켜질 만큼
바다는 정의로워지지 않았다.

네 감성은 지평선을
향하겠지만 현실은
차디찬 바다가
널 삼키리라.

잠깐의 착각일 수도 있으니
모두를 불편하게
혹은 불안하게 만드는
네 오만한 의를 가라앉혀라.

사소한 것에 전부를 걸
필요는 없다.
여기 누구나 그렇게 살고 있으니.
샬롬 평안하거라,

무모한 짓은 믿음이 아닐 것이라.
가만히 나를 타고 얼마든지 순탄
하거라.

바다 위를 걸을 수 있다는 믿음이
내게는 없어
바람이 불면 발자국도 없이 내 발
은 반드시 실패하겠지

나는 믿음이 작고 의심이 많으니.
과연 배를 떠나 살 수 있을까 겁
이 나.

하지만 선생님이 부르시면 어떻게
든 가겠다는 사랑이 있어,
헤엄쳐서라도 갈 것이고

그대로 내 전부가 가라앉더라도
괜찮아,
처음부터 무언가 이루기 위해 내
디딘 걸음이 아니니까.

내가 전부를 거는 순간
사소한 일이 아니게 되는 거야.

배를 떠나는 순간
구원은 그분의 손에 달렸다.

선생님
만일 주님이시거든
오라 명하소서
과연 내 전부를 가겠나이다.

일곱 교회: 하나의 사명

계시록을 읽고 있었습니다.
그때에 선생님께서 물으셨지요.

> 여기 일곱 교회 중
> 어느 교회에
> 가고 싶니

에베소, 빌라델비아…
서머나…

무슨 교회,

누구의 교회…

그 잠깐 순간에도 습관처럼

잘 익은 열매를 가려내려다

다 치워놓고 답했습니다.

저 괜찮습니다.

아무 교회든 상관없습니다.

입맛에 맞는 교회는 있었지만

함께하고 싶은 스승님이 계셨지만
그곳을 가야 할 사명까진 없었습
니다.

성도는 잘 익은 교회를 찾아다니
는 사람이 아닌
부르신 곳에서 사명을 다해
예배를 지켜내는 자입니다.

오늘 읽은 성경은
교회의 이름이 아닌
이름 없는 성도였습니다.

마지막 날 기록된 성경은
교회의 업적이 아닌
성도의 사명이었습니다.

부활

첫 인생에서 어찌 눈을 감았는가
누구의 품에서 다시 눈을 떴는가.

달리다굼.
잠시 눈을 감았다 뜨는 것
부활이다.

여호와 이레

지독하게 걷다 보니 어느새
화려한 교차로에 도달했네요.

사람들도 좋고 날마다 찬양
축제도 열리니 그의 영광으로
달아오르고 충만해지더라.
날 위해 예비하신 여호와 이레 축
복이랄까.

이곳에선 무엇을 선택하든
자격이 있게 되었고,
원하는 것은 대부분 다 얻을
수 있어 보여요.
이곳이 좋사오니, 머무르며
온갖 꿈을 이루고 싶나이다.

(여호와여 이대로 괜찮을까)

언젠가 곱지 않은 모양의 나그네
가 내게 길을 물어봅니다.

'여기서 좁은 길로 가려면
어디로 가야 하나요.'

(여기서 지낸 지는 꽤 되었는데 여기 좁
은 길이 있었던가.

한때 내가 왔던 길 외에는…
이제는 넓은 대로와 광장만
다니니 모르겠다. 근데 왜 하필 나에게,
감히 나에게 그런 수준 떨어진 질문을…
그러지 말고 내가 이룬 이 광장의 영광에
대해 물어보거라.)

그러고는 곱지 않은 시선을 보냈
지요.

혹여 선생님일까
몹시 겁이 났습니다.
그동안 늘 불안했어요.
믿었던 여호와 이레를
누리던 영광을 빼앗길까 봐.
불안한 게
쌓이니 너무 쉽게
불쾌해집니다.

여기서부터 다시 시작되는 좁은
길, 나는 굳이 찾아보지 않았어요.
또다시 얼마만큼 자기 인생을 내
던져야 하는지,
스스로를 짓밟아야 하는지,
얼마나 형편없이 얕잡아 보이게
살아야 하는지,

불행해 보이는 선택으로 초라한
입장이 되어야 하는 건지.

여기선 다들 나를 수고한 사람으
로 여겨주는데 내가 다시 수치스
러운 길을 갈 필요가 없었죠.
좁은 길 그건 실패예요, 실패자처
럼 보인다구요.

곱지 않은 시선들을 견뎌야 하는
데 그게 너무 두려웠어요.
나그네의 삶은 이제 그만.
제발 그만….
그가 예비하신 날 위한 영광이 잘
못된 겁니까. 나는 그런 걸 누릴
조금의 공로조차 없는 겁니까….

처음부터 이 화려함과 충만함
은 나의 영원한 grace가 아닌
줄 알았어요.
그런데 그 누가 이 감사를 포기하
겠습니까. 그 누가 이 축복을 거부
합니까.
하지만 어찌… 내가 당신을 거부
할 수 있겠습니까.

내게 베푸신 은혜는
화려한 교차로가 아닌
좁은 십자가에서 만납니다.
수도 없이 만납니다.
나그네여 혹여 선생님이여
같이 갑시다 여호와 이레로.
나를 위해 예비하셨고 당신을
위해 더욱 예비하신 이레로.

나그네가 가라사대

　　　나를 따라오세요.
　　좁고 곱지 않은 길은
　　바로 '나'입니다.
　　　나와 함께
　　나의 길을 가는 것
　　　이것이 진정
'당신을 위한 이레'입니다.

네 선생님, 그 이상의 비전도
그 이상의 영광도
선생님께서 보시는 것보다 더
볼 것이 없으며
예비하신 것보다
더 예비될 것이 없습니다.

네 선생님.

대형교회 기준

오해했습니다.
만 명은 모여야 대형교회인 줄 알
았어요.
오천 명이 모이고
천 명이 모이고
오백 명
열두 명이 모여도
대형교회가 될 수 있습니다.

숫자가 아니었습니다.
마음이 높으면 대형교회입니다.

서로 크다던 열두 명의 모습에서
대형교회가 보였고
수천 명이 모인 오병이어에서
대형교회는 없었습니다.

수많은 주리고 목마른 자들이 모
였던
마음이 가난한 곳, 연약한 어린아이
그곳에서 기적이 일어납니다.
그곳에선 기적이 납습니다.

찢어진 휘장

정말 괜찮습니다.
부디 찢어진 휘장을 그대로 두십
시오.

성도를 모른다

성도는 교회를 잘 알지 못한다
고 바리새인이 말했습니다.

그대여
높은 자리에 앉아서는
과부의 마음을 알지 못합니다.

가난한 자의 헌금은 이제
자기 체면에 안 맞는군요.
마구간이 어딘지 관심도 없으
면서 성탄을 말합니다.
골고다를 따라갈 생각도 없으
면서 구원을 알 도리가.
십자가를 지는 것보다 걸어놓
는 날이 많으니.

우리를 사신 핏값을 모르는데
핏값을 제대로 쳐준답니까.
다 헐값에 팔고 있는 것 아닙니까.
핏값인 성도를 모른다면 교회를
모르는 겁니다.

종교가 교회의 전부가 아니라는
말은 불경하게 들리겠지요

교만하고 기만하는 거라며
끝까지 성도를 아는 척만 하
겠지요.

그대여 갈 곳 잃은 그곳에서
내려와 함께 사모합시다.
함께 교회가 되어 봅시다.

미문 Beautiful Gate

선생님, 왜 양치기에게 기름
을 부으셔서
우리 같은 실격자가 희망을
갖게 하십니까.

이미 종교는 바리새인의 것이
아니었나요. 이미 성전은 빌
라도의 권위가 아니었나요.

권세자들이 다음 세대라고 말하는
건
그들의 것에 대한 다음이지 우리
를 말하는 게 아닙니다.
우리는 성전 앞에 앉아 던져 주는
거나 받는 게 편합니다.

그러나 선생님,

우리가 이 문에 기대는 까닭은
여전히 빼앗긴 성전에 희망이
있다고 믿기 때문입니다

하나님께서 이 성전을 버리지
않으셨다고
마지막까지 믿는 것입니다.

그래서 이 문은 아직 아름답다고
미문이라고 부릅니다.

값어치: 피밭

회칠한 무덤이여
거룩한 옷과 웃음, 그 속에 감춘 그
래서 총 얼만지 값어치부터 따지
는 셈이여.

십자가 그 피 흘림도 오로지
자본으로 평가된다는 게 너무
억울해.

그 계산기 적당히 두들기자
숫자로 기도가 써진다냐.

= +1이라도 있어야 하겠다는 약아
빠진 사람아,
네 죗값을 치르신 이에게 갚
아도 갚아도 모자란 건 무슨
공식이어서냐.

결국 예나 지금이나 그 시세로 살
수 있는 건
피밭 뿐이구나.

Christmas in 8

내일이 크리스마스여도
바로 오늘이라 하여도
이상하지 않습니다.

내 진심은
메시아는 언제 오셔도 좋으시며

내 전심은
그리스도를 맞이할 준비가 되
어 있습니다.

백합화

십자가보다는
조금 더 잘 살고자 하는 마음
이 생깁니다.

선생님과 함께 죽는 것보다는
함께 잘 사는 것이
더 본이 되어 보입니다.

그건 이천 년 전의 일이고

그건 내 청년 때의 일이고

꽃다운 나이에 백합화보다 더

예쁘게 길러 주신다 하지 않

으셨습니까.

그동안 팔복 많이 듣고 구했

으니 저도 이제 다른 복 좀

빌겠나이다. 은밀하겠나이다.

이제는 선생님도 제 상황을
조금 이해해주셨으면 합니다.
그 조금 그동안 제가 다 양보
했지 않습니까.

그냥 남들처럼만 살겠다는데.
아니 것보다는 좀 덜 할 테니
이번 한 번만 넘어가 주세요.

이천 년이나 흘렀습니다.
시대가 바뀌었고
여기 지금 선생님 빼고 다 바
뀌었어요.
그런 식으로는 아무도 선생님
의 말을 이해하거나 받아들이
지 않는다구요. 이제는 제 말
도 좀 들으셔야 합니다.

아니 저 정말 이성적으로 말할 수
있었는데
선생님께 이렇게 지저분한 사
람 되고 싶지 않았는데.

지금 제 모습을 보시라구요.
아무도 저를 꽃으로 보지 않
아요.

같은 선생님을 바라보고 사는
데 세련된 신앙을 가진 누구
앞에서 저는 촌스럽습니다.

왜 백합화보다 예쁘게 길러 주신
다고 하셨습니까.
왜 제 말에 상처를 받지 않으시냐
구요.

네 입술은 꽃잎이라
베이지 않는다.

고아

선생님께 백정과 양반과 임금은
같습니다.
살려야 할 백성이며
대접하고 보살펴야 할 갇힌 자들
입니다.

여기 모두 그런 고아들이 모였습
니다.

아직까지도 어느 교회 출신, 어디
학교, 조상이 누구인지.
이 돌들로도 아브라함의 자손이
되게 하신다는데.

줄타기-줄타기-줄타기
언제까지 그렇게 살 겁니까, 무엇
에 접붙임이 되어 있는 겁니까.

이보시오 우리 모두 백정의 아들
이며
이방인의 딸입니다.

이제 우리 고아야
하지만 너무 슬퍼 말아
고아가 되면서
이제부터 아버지를 얻었으니.

땅끝

땅끝까지 이르니
여기서부터 영생이 시작됩니다.

자비 Mercy

병든자 가난한자 성격파탄자 간힌
자 마약중독자 알콜중독자 폭력자
살인자 변절자 교만한자 인생을버
린자 나라를팔아먹은자 저주받은
자 귀신들린자 나에게상처준당신
모욕을안기고 공포를심어준당신
도저히바뀌지않는당신까지

모두 십자가로 나아오십시오.
여기에 모인 우리는 다
나 같은 죄인이니 나아와서 들으
십시오. 나도 그 누구도 어느 하나
랍니다.
선생님께서 손을 내미셨습니다.
물러서지 않으려 내민 손에

못까지 박히셨습니다.

자비가 필요한 이들은 그 손을 꼭
잡으십시오.

못 자국은 선생님의 것이며 우리
모두의 것이기도 합니다.

나는 '상처받은 나'를 대신하여 당
신을 용서했노라 말할 수는 없습
니다만, 당신이 구원받으면 좋겠
습니다.

네가 오늘 나와 함께 낙원에
이르기를 원하는가.

네.
네 저들과 함께요 주님.

영화

도시도 시골도 아니었습니다.
돈이 많고 적음도
매우 많고 매우 적음도 아니었습
니다.

초대교회를 훑고
창세를 읽어도 충분치 않았습
니다.

추방당한 삶에게
에덴은 없었습니다.

영화로운 삶을 찾고자 했지만
영화 같은 삶만 살아내었죠.

도망치는 삶은
신을 잃어버리기 마련이며

눈조차 뜨기 싫었습니다.
그런 삶 따윈 없다며
더 이상 갈 곳이 없는 나를 이제 그
만 데려가라고
스스로 저주합니다.

모든 것을 잃어버린 그때에 영화
로운 자의 음성이 내려와

영화로운 삶이 아닌
영화로운 자를 찾아왔도다,

이제야 왔도다 내 아들아.

내가 이미 너를 영화롭게
하였고
또다시 영화롭게 하리라

영화로운 자의 목소리가
영화로운 삶이라.
그를
청종할지어다.

다수결 원칙

선생님은 군중 속 한 영혼에 집중
하고 계신다. 시선은 모두를 향하
지만 동시에 오로지
한 사람을 향하신다며.

다수를 위해 할 수도 있지만
한 사람을 위해 하지 않을 수
도 있는 원칙이라며.

참 목자

지팡이를 든 자여
민주주의로도
전체주의로도
군중을 통치하지 마세요.

어린양 한 마리를 짓밟고 지나가
는 것은 참 목자가 아닙니다.

그런 희생을 강요하며 함부로
십자가라 하지 마세요.
십자가는
이웃을 희생시키는지
자신을 희생하는지 보면 압니다.

참사랑이여 통치하소서.

은화

오천 명 이상의 사람들을 먹이려
면
은화부터 시작해라.

선생님의 발을 닦은 향유를 허비
하지 말고
은화부터 아껴라 거기보다 더
값진 곳이 있으리라.

그러고는 선생님을 은 삼십에
팔아버렸습니다.

모든 걸 은화로 보는 사람은
열두 광주리도, 향유도, 선생
님도 은화로 보입니다.
그 사람은 천국에서 할 일이
없습니다.

같은 마음

도무지 답을 가진 사람은 없었습니다.
정답도 오답도 모두 탈락입니다.

같은 마음
같은 나라를 꿈꾸는 사람을
찾아야만 합니다.

빌라도의 교회

교회여! 십자가를 훼손해서라
도 살아남아라!
(죄를 죄처럼 짓지는 말고)
일단 살고 봐야 영광을 돌리
지 않겠느냐
죽어서는 조롱만 당할 뿐 아
무 영광이 없다! 개죽음을 누
가 알아준다냐.

당장의 거룩한 가치는 사치다. 눈먼 군중들은 네 손만을 주목하고 있다. 그들의 왕은 가이사이니 다른 왕은 없어야 한다.

예수를 처리하라.
그리고 여기 빌라도의 물로 손을 씻어라.

빌라도의 발자취는 전통이 되
었고 그 악취는 다들 익숙하
다. 너만 적응하면 돼.
그대여!
그대의 손은 반드시 빌라도로
기록될지어다!
십자가를 지키다 죽은 교회는
예수의 교회요!

십자가를 훼손하여 살아남은 교회는 빌라도의 교회로 기억될 것이다!
영생을 사모하라는 것이
영원무궁토록 번영을 추구하게 되었구나.
그렇게도 역사가 되고 싶어서 성도들을 죽음으로 내모는구나.

삼십 년, 오십 년을 대성한들
한 영혼의 무게보다 가볍다.

그의 나라는 이미 왔으나
훼손당하고 있고
아직 오지 않았으니
훼방당하고 있도다.

나사렛 이미지

여기 이미지가 있습니다.
리더십과 권위가 대단하여 무리를
아우르고
위기에 능하며 미래에 대하여
비전을 제시하는 통찰력을 지닌
선봉장.
이 업계에서 감히 우러러볼 수도
없는 권위자.

그거 다 내가 하고 싶어서 열개도
스무 개도 넘게 쌓고 있는 이미지
입니다.

이 업계는 나사렛 출신임을
거부합니다. 왕족과 귀족 혈통이
있는 것처럼
출신이 그렇게 중요하더라.

영혼을 팔아 귀족 신분을 얻은 이
들은 노력에 대한 당연한 보상처
럼 이미지를 누리고
흠 없이 더 품격 있게 보이려고 온
갖 공로로 치장하는데

출신이 나사렛인 것을 왜 부인합
니까. 당신이 지키고 싶은 고상함
은 무엇이길래.

나사렛에서 무슨 선한 것이 날 수
있겠느냐는 말은 이 업계에서 도
는 말입니다.

천한 출신
나사렛 예수 닮기를…
예수를 아는 지식이 내 평생
가장 고상함이라.

천국의 형태: 팔복

천국은 어떤 형태일까요.

그곳 백성들은
심령이 가난한 자
애통하는 자
온유한 자
의에 주리고 목마른 자
긍휼히 여기는 자

마음이 청결한 자
화평하게 하는 자
의를 위하여 박해를 받은 자
들입니다.

그리고 천국에서의 하루는 이
렇습니다.
천국이 그들의 것

그들이 위로를 받을 것

그들이 땅을 기업으로 받을 것

그들이 배부를 것

그들이 긍휼히 여김을 받을 것

그들이 하나님을 볼 것

그들이 하나님의 아들이라 일컬음
을 받을 것

천국이 그들의 것

이 하루는 천 년 동안의 일이며,
오늘 아침 그리고 이 밤
우리의 이야기여요.

38년

선생님 모두가 그는 안 된다
고 했습니다.
저도 안 된다고 했습니다.
그렇게 박탈당한 사람은 또다
시 그런 인생을 살아야 하는
데 한 번도 구원받지 못한 채
인간들에게 구원을 빼앗긴 것
이었죠.

애초에 저도 실격자입니다.
내 인생 단 한 번의 기회,
수십 번의 인내가 그에게도
필요한 것뿐입니다.

그동안 아무도 그를 살릴 마음이
없었으니
나을 수가 없었습니다.

인류에게 그는 큰 존재가 아니겠
지만,
아버지께는 천하보다 귀했습니다.
그래서 반드시 살려야 합니다.

그 사람으로 인해 얼마나 많은 사
람들에게 득과 실이 있을지는 모
르겠습니다만

선생님은 살리시겠죠.
한 사람을 위해
선생님은 살려내시겠죠.
그래서 저도 손을 내밉니다.

저의 하나님은
그의 하나님이기도 합니다.
너의 하나님을 빼앗지 않을게

이용 불가

단 하루라도 주님의 문지기가 되고 싶었습니다.

그러나 선생님을 팔아 채운 썩은 주머니를 지키진 않을 겁니다.
성도의 고결한 마음을 이용하지 마십시오.

설국성전

멈추면 마치 끝날 것처럼
정거장도 없이 달리는 성전.
엔진에 필요한 부품처럼
딱 맞는 사람 집어넣고
계속 그런 사람 잡아넣고

벌벌 떨며 부품처럼 기능하는
성도들을 보십시오.

그렇게 만들지 않았다고 하지
마세요. 언제든 말하면 경청
하겠노라 하지 마세요.
우린 두려워 말도 못 합니다.
여기선 다 그렇게 하는 거라
며, 입 닫고 그냥 하라며
안 하면 믿음 없는 것처럼
못하면 믿음 없는 것처럼.

자비를 말하는 무자비한 조직
이 되었습니다.
제발 멈춰주세요.
부품이 돼버린 성도를 꺼내주
세요.
그리고 성전에 타고 있는 사람들
에게 비둘기가 가지를 물고 왔노
라 말씀해주세요.

순수: 초막절

자본주의와 몽상가
두려움과 감정 소모
시들어가는 살구꽃과 부활
열린 문과 잠긴 문
냉소주의와 혁명

어느 우주에서라도 변하지 않는 건

우리 아버지에 대한 마음이 더 순
수해지고 싶다
더 순수해지고 싶다

마음속 아버지의 초막
아버지께서 받으실 초막절이 더
순수해지고 싶다.

돌, 메시아

땅에 무언가를 쓰시고는
너희 중에 죄 없는 자가
돌로 치라.

제가 처음 선생님을 만났던 자리
입니다.

(사람을 돌로 치는 것은 태초로부터 얼마
지나지 않아 생겼던 일이었지요.

그 습관은 오늘까지도 이어져 오고 있습
니다.)

그들이 든 돌멩이는 한 여자
를 벌하기에는 지나치게 양이
많았지만 상관없었어요.

돌은
맞는 사람이 아닌
던지는 사람의 입장에서만 중
요합니다.

선생님은 그 자리에서 함께
돌 맞을 각오로 말했어야 합
니다.

그 여인 하나 살리려고 이 땅
에 내려오신 거 맞습니다.
같이 돌을 맞았거나
대신 돌을 맞았다고 하여도
나는 이 일에 증인이 되었을
겁니다.
땅에 무언가를 쓰심으로 돌에
대한 솔로몬의 재판을 여셨고

구원이란
죄에서 죽게 만드는 사망이
아닌 죄에서 건져내야 하는
생명이라며
죄 없는 자가 돌로 치라는 판
결을 내리셨습니다.
구원은
판을 뒤집는 역전이었습니다.

돌을 든 어른부터 젊은이까지
모두 떠나고
그중 가장 죄 많던 나는 승복
하고 말았습니다.

구원은
맞는 사람과 던지는 사람 모
두의 입장에서 이루어집니다.

그런 구원은 처음 보았습니다
진짜 메시아를
처음 경외했습니다.

애가

슬퍼하는 예레미야는
슬퍼하는 예루살렘입니다.

나의 본향이
무너지는 것을
말하는 것은
미치도록
슬픈 일이다.

웃을 일도 없고
행복할 일도 없는
이제 와 차라리 모르고 싶다.
그 계시는 찢기는 고통이다.

여러분
나는 성도이자
교회이며

그의 나라입니다.
슬퍼하는 나라입니다.

생략된 자

어떤 사람들이 성전의 그 아름다운 돌과 헌물로 꾸민 여러 가지를 보러 견학을 왔습니다.

건물부터 시설, 리더십, 재정적 건강, 사역 프로그램이 언급될 때 으스대는 건 그렇게 초라해 보입니다.

보러온 자와 으스대는 자

사이 생략된 자

(죄인, 병든 자, 가난한 자, 연약한 자, 주

린 자, 무명한 자)

교회를 보러 온 것입니까,

보이지 않는다고 안 보셨군요

여기

(생략된 성도들)과

(그들의 첫사랑, 인내, 희생, 겨자씨 믿음)

이 있습니다.

교회는 (보이지 않는 것들의 증거)로

지켜집니다.

(   )가 교회입니다.

속상하다

저 사람들이 나를 하찮게 여
긴다고
너도 나를 하찮게 여기느냐

내가 그게 얼마나 속상한지
아느냐.

보통의 성도

선생님, 그곳의 성도는 어떤 모습
인가요.
어떤 모습으로 영원히 살고 있
나요.

　　　누구나 그리스도를 위해
　　　　　　살려 했고
　　누구나 그의 제자로 죽었던
　　　　　추억을 지닌 채

모두가 못 자국 하나씩은
가지고 있는 지극히 보통의
모습이지요.

선생님의 대답은 보고 계신
풍경 그대로였습니다.
지극히 보혈의 모습… 영원히.

선한 영향력

[선한 영향력]
선생님과 너무나도 잘 어울렸
던 단어였는데 언젠가부터 누
군가로부터 달갑지 않습니다.

선함은 그 자체로 힘을 갖고
있기에 [다른 힘]을 필요치
않습니다.

선과 힘이 구분이 되던가요.

네 여기선 구분해야 합니다.
선과
[영향력]
우리가 사는 피라미드에선
[영향력]을 갖기 위해
선하기를 포기하기도 해.

여기선 많이들 그래. 그 정도
까진. 어쩔 수 없잖아.
계속 선을 선택하다 보면 이
러다 바닥으로 가게 될 것 같아 그
건 [바라던 자리]가 아니야,
나도 인지하고 있고
내 양심도 괴롭지만
크게 보자, [대의]를 위해.

나 무엇과도 [타협]을 해서라도 [영향력]을 포기할 수는 없겠습니다.

길러야지요.

어떻게든 키워야지요.

[힘]이 있어야 뭐라도 할 거 아닙니까. 뭐라도 바꾸고 저들과 싸워서 이길 것 아닙니까.

어쩌다 [영향력]을 잃을까 날마다
[불안한 존재]가 되는데
선을 완전히 잃은 순간입니다
이미 나는 선이 아닌 [힘]을 믿고
있는 겁니다.

여리고 성을 무너뜨린 것은
[군대]가 아닌

순종의 나팔이었습니다.
오천 명을 먹일 수 있었던 것은
[은화]가 아닌
무명한 아이의 도시락이었습니다.

그리고 선생님은 항상 선을
택하셨지요.

말구유를 선택했고
어린 나귀를 선택하다 보니
십자가를 지게 되셨죠.

[힘]을 믿는 사람에게 십자가
자리는 무력한 시위일 뿐
멍청하게 당하기만 하고
미련하게 가만히 있는 곳에서
얻을 수 있는 건 없다.

십자가와 [왕]의 자리, 우리에게
무엇이 필요합니까.

선한 것 자체에 힘이 있다고
믿고 싶습니다.
선을 기르고 돌봐주십시오.
우리의 대의는 말구유와 십자
가에 있습니다.

억지 순종

시몬이란 구레네 사람을
만나매 그에게 예수의
십자가를 억지로
십자가를
억지로
지워가게 하였더라
억지로
억지로

선생님, 이 장면은 성경에서
가장 이질적인 장면이라
몇 번을 다시 보게 됩니다.

기꺼이 받아들인 당신의 순종과 억
지로 하는 구레네의 순종이 만나
십자가를 이루어냈다니요.

순종이 선택이 된 지 오래입니다.
태초에 에덴에서부터
불순종은 선택이었지요.

더 나은 삶, 더 평탄한 삶에는
인생과 신앙까지 걸지만
순종하는 삶에는 아무것도 걸지
못하겠습니다.

우선 평안하자.

우선 안정이 된 다음에

그리고 나서 좀 보고. 재보고.

순종이 얼마나 나의 평안을 위협

할지, 그로 인해 얼마나 손해와

희생을 감수해야 되는지 보고.

(저 십자가를 졌다가는 내 인생까지

망하겠다)

그런데 그런 건 특별한 은총 입은 사람들이나 하는 거지 아직 부담스러워.

더 이상 내 평안을 위협하지 않았음 좋겠어. 불편하면서까지 하고 싶지 않아. 그건 오히려 내 믿음을 약하게 할 거야. 그런 눈총은 율법이고 나를 정죄하는 것 같으니 그만.

십자가를 처음부터 끝까지 오
직 예수님의 힘만으로 지게
하지 않으셨습니다.
제사장도. 제자도 아닌 특별
하지 않은 구레네 사람 시몬
의 힘을 빌리셨어요.

대신 지고 올라가서

대신 십자가에 달리라고 하지
않았습니다.
주님께서 하실 일은 주님께서
하셨으며 잠시라도 주님을 도
왔을 뿐입니다.
억지로라는 말이 더 이상 부
정적으로만 들리지 않습니다.
억지로 순종하는 것.

잠시라도 그 나라를 위해 부담되
십시오.

조금만 우리 예수님의 부담을 덜
어드리십시오.

떡으로만 사는 것이요

너도나도 두 손 가득 드려지
길 원했던 시절이 있었습니다.
자신의 시간, 돈, 삶 그것도 모자라
자식의 인생까지도
일천 번도 더 드려지기를 원했습
니다.
한심하기 짝이 없었죠.

결국 챙긴 게 무엇이냐
남는 게 뭐냐. 빚 아니냐
거봐라, 이용만 당하고 지금 누가
알아주느냐
남들은 제집 마련하느라
분주했는데,
너는 미련하느라 너도 니 자식도
챙기지 못했구나.

교회 나가면 쌀이 나오냐던
예언은 이루어졌습니다.
이제는 쌀만 받으러 나옵니다.
딱 쌀만 나오게 다닙니다.

헌신은 드려지는 것이 아닌
제공되고 누리면 됩니다.

이천 년 전,
그리스도의 몸은 우리를 위해
제공되었습니다.
그동안 수많은 피흘림을 통해 자
기 몸을 주셨는데
오늘날 우리는 의미 없는 빵으로
만들어 버렸습니다.
아무렇지 않게 예수님의 몸을

떼어 먹는 믿음은 야만적입니다.
그리스도의 땀이 피가 될 때까지
언제까지 빈손으로 와서 먹고만
갈 겁니까.

사람이 떡으로만 사는 건 누가 권
한 믿음입니까.

청춘, 십자가

선생님은 어떤 청춘을 보내셨기에
십자가를 질 수 있으셨습니까

여기 나의 십자가가 놓여있다
청춘이 지나니
얼마 남지 않은 인생

십자가를 질 수 있나
주가 물어보신다

이제 나 일생을.

열두 광주리

어린아이 도시락이 열두 광주
리가 될 수 있었던 건
아이가 무슨 비전이겠으며
무슨 소질이겠는가.

아이가 자기 떡 하나 자기 물고기
하나를 챙기지 않고
전부 드렸기 때문입니다.

자기를 더 생각하면
많은 사람들을 먹일 수 없어요.
열두 광주리를 남기려는 장사꾼에
게 기적이 있을 리가요.

종교 개혁

1.
쉿. 조용히 예배만 드려라.
침묵을 지켜라.
거대한 종교가 말합니다.
아무것도 누구에게도 말해선 안
된다는 강압적인 분위기.

그들은 감추고 싶은 것들과

철저히 지켜야 할 것이 있어 보였
습니다,
심지어 많아 보였습니다.

종교개혁은 끝내 이루어지지 못했
습니다.
그 자리에 또 다른 거대 종교가
건설되었습니다.

2.

회사에서 불이익을 당하면서까지
정직을 말한 성도가 있었습니다.

그 사람은 한 집안의 가장입니다.
그럼에도 정직을 선택했고 회사는
그자를 도려냈습니다.

그 성도는 그럴 필요까지는 없었습니다. 교회의 성도는 공의가 아닌, 지켜야 할 것만 지키면 되는 겁니다.

가장이고 입장이고 다 고려하면서 십자가를 지킬 수는 없습니다.

십자가 중심이 아닌 입장 중심으로 계승되고 유지되는 종교.

입장 생각했으면
하늘 보좌 다 버리고
내려오실 이유가 없었습니다.

가리어진 종교는 소멸하는 불로
저항될 것입니다. 그리고 마침내
거대 종교는 도려내지고 십자가만
드러나게 될 것입니다.

부탁합니다

기도가 간절해지면
부탁합니다가 됩니다.

성소의 휘장을 찢었던
아들의 마지막 기도는

아버지 내 영혼을
아버지 손에 부탁하나이다

안전한 찬양

잠시 귀국한 선교사님의 찬양은
우리의 것과는 달랐습니다.
[십자가]
[사명]
모든 것을 [버리고]
나를 [버려서라도]
그 길을 [따라가리]

우리의 장소, 밴드, 목소리
다 같았지만
다른 노랫말이었습니다.
한동안 들을 수 없었던
사라졌던 고백입니다.

들으시는 분은 더 잘 아시겠
지요.

성도의 수가 늘어나고
찬양의 목소리는 커지고
악기에 힘이 실리고 조명은
더욱 화려해지는데
좁은 길의 고백은 줄어듭니다.
생명을 건 찬양은 고난주일에만
부르도록 분리가 되어가고
있습니다.

안 그래도 살기 힘든데,
더 힘들라고 하는 건
교회가 할 행동이 아니다.

아니요, 교회가 할 행동은
눈물로 서로를 바라보며
우리의 십자가를 끝까지 질 수
있도록 하는 것입니다.

바로 이 자리에 앉아 생명을 걸었
던 성도님의 고백이 선명합니다.
그 뜨거운 눈물은 어떠한
열기로도 대신할 수
없습니다.

불안한 십자가의 고백은
불안한 나의 삶을 잡아줄 수

없어 보입니다.
찬양으로 상처를 줄 수도, 짐을 무
겁게 할 수도 있어요. 보다 평안한
것을 가져오십시오. 십자가 없는
안전한 찬양을 내놓으십시오.
그런 찬양이 듣기에도 부르기에도
좋은 모양이며,
부담 없이 은혜가 됩니다.

그렇게 저렇게 호흡이 있는
자마다 합의를 하였고,
바로 이 자리
사명은 희미해져 갑니다.
그 성도는 연약해져 갑니다.
호흡은 거칠어지고
안식을 빼앗겨 버렸습니다.

의병

교회가 부요하지 못하더라도
뭔가 대단히 해내지 못하더라도
십자가를 지려고 한다면,

자기 곳간을 채우기보다
자기 목숨을 걸고 자기희생을 하
려는데
등지는 성도 있나요.

힘이 없어도
의병들이 어떻게 나왔으며,
독립은 어떻게 이루어졌습니까.
목숨보다 귀한 것을 지켜냈기
때문입니다.
죽어서라도 지키려 했기 때문입
니다.

등지는 백성에게
나라는 오지 않습니다.

처음은 10명이었다

처음은 10명이었습니다.
그래서 10명 모이는 교회의
성도처럼 시작했습니다.

100명이 되었고
곧 1000명이 되었습니다.
우리는 이미 5천명 모이는
성도처럼 행동했습니다.

모두가 헌금을 하지만
모두가 헌신을 하지는 않습니다.

천 명 교회는 여전히
첫사랑의 10명으로 지켜지고 있습
니다.

처음은 10명의 목사였다

처음은 10명이었습니다.
그래서 10명 모이는 교회의
목사처럼 시작했습니다.

100명이 되었고
곧 1000명이 되었습니다.
나는 이미 5천 명 모이는
목사처럼 행동했습니다.

수에 따라 변하는 목자는
말씀이 아닌 말이 많아집니다.
숫자가 내 목양을 증명하기
시작했고
교회를 떠받쳐 왔기에.

나는 수천 명을 거느리지만

어느 날 보니 처음 10명을 전부 잃
어버렸습니다.
첫사랑을 잃어버렸습니다.

고요한 밤 거룩한 밤:
화려한 밤 더 화려해야 하는 밤

반응이 없는 고요한 밤은 능력이
없는 것이라는 너는
좀 고요하고 거룩해져라

매년 화려하고 작년보다 더 화려
한 성탄을 준비하느라

고요한 적이 없었습니다.
이제는 고요와 거룩이 무엇인지도
모르겠고 신경 쓰지도 않습니다.

회중에게 신선한 충격을 주고 반
응을 이끌어내면 됩니다.
어차피 중심도 없었습니다.

그럴듯한 이름은 걸어놓고
중심 없이 하는 건
우리 주특기이기 때문에
더 화려하고
갈수록 화려하게.

모든 걸 쏟아부어 내 능력을
입증할 무대를 꾸밉니다.

자신을 쏟아부으면서까지
마구간으로 오셔야 했는지
증거하는 건 너무 뻔합니다.

능력 없어
마구간으로 오신 주님
백성들 실망이 얼마나 크겠어요.

우리 오늘 거룩한 밤 맞나요.
누구의 영광을 위한 어지러운 밤
인가요

폭풍 치는 갈릴리에
바람 한 점 없는 고요한 밤이 오셨다.
잠잠하게
주를 보리라.

자백

성도 탓입니다.
사역이 아닌 사업을
영적인 것이 아닌 영업적인
것을 하게 만든 것은
우리가 주범입니다.

우리가 요구하고 촉구하고 추구하
고 들으려고 하는 것이

그런 것들뿐이니 그렇습니다.

우리는 믿음을 지킨 것이 아니라
자기 삶을 지키려고 했고, 경건의
모양만 예쁘장하게 꾸미는 정도입
니다.
교회를 자기 집 화장실보다
못하게 여겼습니다.

고작

갖춰진 조직과 잘 처리되는

행정적인 일들, 안정적인 내 자식

신앙환경, 세련된 행사,

일어나는 현상에 대한 탈무드의

지혜와 기막힌 기독교적

해설 정도의 꽤 다닐 만한 교회를

우리가 만들었습니다.

나의 십자가는 어떻게 지고 가야 하
는지. 우리의 좁은 길은 무엇이며.
영생을 얻고 싶다고 말하지 않습니
다. 교회에선 개운한 기분이 곧 은
혜요 감사요 복이라 여겼어요.
자백합니다.
우리가 한국교회 주범입니다.

주린 교회 배부른 교회

의에 주리고 목마른 교회는
자기 배 채우는 교회가 되었다.
의로운 일도 이제는
어느 정도 채우고 나서 할 수
있는 거라며.

그래요 그런 고초 겪다 보면

그럴 수 있다 이해는 하지만 우리
그래선 안 되잖아요.

같이 주리며
하나님의 나라를 보았던
그 성도님들 배신하는 일이잖아요.

유난과 고난

선생님 저는 인생의 절망으로부터 피난하여 왔습니다. 여기 성경에 소망이 있다고 들었는데 읽을수록 온통 실망만 느껴지는 말들뿐이네요.
긍정적인 이야기만 하셔도 충분한데 기대에 만족이 되기는커녕, 말하는 미래가 모호하고 상황을 불편하게 만들고

같이 있는 사람들을 그렇게까지 불안하게 만드시나요.
연단, 겸손, 좁은 길, 십자가 다 좋은 말인데 이런 정신승리식 해피엔딩 말구요.

신자들 사이에선 불안하게 만드는 이야기는 일단 믿음이 아닌 걸로 시작합니다.

아찔한 면류관보다는 긍정적이고
밝은 말들만 믿음이요
지혜와 은혜라 말하죠.

쉬운 방법으로 쉬운 결론을.
우리에겐 보이는 완주가 중요하니
보이지 않는 것에 반응하는 건 유
난입니다.

좁고 모호한 길을 말하는 사람은
고난입니다.
그야말로 십자가는 유난과 고난의
범벅입니다.

선생님 나는 당신 편이지만
모든 말에 동의할 순 없으니
믿고 싶은 말만 보겠습니다.

신성모독

교회가 하려는 것을 막아서는
너는
무례하구나.

네가 무슨 권위로 막아서느냐
이제 좀 컸다고 너도 다른 사람들
처럼 목소리를 내려는구나.

순종하지 않으려거든 내 마음에
거슬리고 짐이 될 것 같구나.

하려는 게 다 우리 백성들 위한
일 아니냐, 그럼 내가 지금 바벨
탑이라도 쌓고 있다고 의심하는
것이냐.

수십 년 평생을 바친 것을 감히 네가 평가하고 그 수고를 인정하지 않으려는구나.
그런 의심이 진짜라면 내가
그만두어야겠구나.
아주 불쾌하구나.
이곳에 모인 사람들의 숫자는
그럼 뭐냐. 전부 잘못된 것을

하고 있다는 말이냐. 고작 네까짓 게.
내가 너한테 뭘 인정받으려고
이런 말을 늘어놓는 것 자체가 모욕감을 느낀다.

이 교회는 내가 더 잘 안다.
내가 제일 잘 안다.

그러니 먼저 너 자신을 돌아보아라. 네가 오늘 얼마나 모독하는 말을 했는지를. 성령을 모독하면 용서받지를 못해.

.

.

...

성도 안에 계신 선생님께서 들으
셨을까
슬퍼집니다.
눈물이 멈추질 않습니다.

교묘한 재주

선생님의 서사에는 교묘한 자들이
등장합니다.
그들은 선생님을 잘 따라다녔고
말과 행동을 주시하였으며, 선생
님께 많은 질문과 결단을 촉구하
기도 했습니다.

그들이 하는 작업은 선생님의

말을 가지고 그들의 말과 잘 엮어
내는 겁니다.
그리고 적절한 때에 예수를 떼어
버립니다.
선생님은 그렇게 버려졌지요.

선과 죄의 구별이 사라졌으며, 이
제는 거룩함 안에서

모든 것이 다 가능하면서 모든 것
이 다 괜찮아지고 있습니다.

신앙과 돈, 신앙과 명예,
신앙과 효율, 신앙과 욕망을
잘 섞고 반죽하여
먹음직도 하고 보암직도 하고

지혜롭게도 보이는 예쁜 것을
만들어냅니다.

보암직도 한 이것을 먹어
보겠느냐… 결코 죽지 않는다.

묘한 속삭임으로 에덴의 경계가
무너지며

교묘한 곳에서 합의점이 생겨났습
니다.

일일이 번번이
예수를 신경 쓰지 않아도 될
시스템을 만들었어요.
귀찮은 예수를 떼어 버리니
이제 좀 자유합니다.

예수를 붙였다 떼었다 할 수 있는
교묘한 재주를 지닌 자들이
하나님의 율법을 이용만 하여
불법적인 새 판을 짜고 있다.

작은 자들의 나라

작은 자들을 통해 만드실 세상이
얼마나 위대한 경배인지

작은 자가 가진 천국을
도대체 오늘 나는 가질 수 없었다.

앞으로 어떤 인생을 계획하실지는
내가 얼마나 작아질 수 있느냐에
달렸겠다

몇 가지를 포기한들 다시 크고자 한
다면 평생을 천국 아는 척만 한다.

천국 통로

천국이 계단이 아닌
저 말구유 깡통에 있다면
밤새 물고기가 잡히지 않은
호숫가에 있다면
저 피 묻은 해골 무덤에 있다면
어느 정도 손에 잡히는 보장이 되
지 않는다면

내가 그곳을 통해 들어갈 수 있을
까요.

현실은요 보이지 않는 것을
신뢰할 순 없습니다.
그런데 천국은요,
보이지 않고 잡히지 않는 곳에 그
물을 내려야 합니다.

실낙원

아버지께서는 일평생 낙원을 궁금
해하셨지만
이 땅의 종교는 비슷하게 타락했고
이 땅의 교회는 명분과 비전 없이
는 채워지지 않는, 비슷한 것들에
집착하는 실낙원들뿐이라… 모시
고 갈 곳이 없었습니다.

결국 보이지 않는 것들의 증거로 이루어진 낙원은 없는 것으로… 아직까지도 답변을 드릴 수 없어 괴롭습니다.

선생님이여 당신의 나라에 임하실 때에 아버지를 기억하소서. 비로소 아버지께서 낙원을 보시게 될 줄 믿습니다.

아들아 낙원은 믿음이다.
믿음으로
보이지 않는 것을 보고
보이지 않는 곳에 간단다.
겨자씨 만한 믿음으로
저 산을 옮길 수 있는데
이 낙원도 네 아버지께로
옮길 수 있느니라.

아멘

이 산지를

내 아버지에게 주소서 아멘.

신앙독백

네가 졌다. 이제 그만 인정해라.
내가 무엇을 인정합니까.
죄를 인정하라는 말인가요.

이미 다 경험했던 것들이고
우리는 경배하고 있습니다 과거가
아닌 살아 계신 분을요.

　　　　　　　오래전 다 해봤고
왜 지금은 해보지 않나요.
　　　　　　　어딜 가나 그렇고
그의 나라는 아니겠지요.
　　　　　　　엄밀히 말하면
　　　　　막 엄청난 죄는 아니다
은밀한 죄도 그 샀은 사망이
아닌가요.

소용없으니
소망이 없다는 이야기인가요.
그냥 넘어가렴.
속이라는 거군요.
좋게 좋게
좋아 보이게 속이라는 거군요.
다 그런 거다.
저는 합의한 적 없습니다.

너만 상처받아.
같이 상처받을 생각을 해 주시는
마음을 만나고 싶습니다.
　　조용히 믿는 것도 유익하다
대체 이곳에서는 하나님 말고 무
엇을 인정하고 무엇을 믿으라는
건가요.
당신은 체념입니까 진리입니까.

과정: 낭만

창조의 마지막 날만이 아닌
매일의 순간마다
보시기에 좋았다고 하세요.

우리는 과정 가운데 놓인
낭만입니다.
기억되지 않을 과정의 그대는
보시기에 심히 아름답습니다.

상처: 상급

여러분 나는 상처받지 않았습니다.
그들이 천대한 사랑을 다시 간직
하고 싶어 그렇습니다.

여러분 나는 결코 저주받지
않았습니다.
그들이 버렸던 숭고함을 다시

주워 담느라 그래 보이는 겁니다.

여러분 나는 그분으로 인해 마음
이 터질 듯합니다.
이것이 나의 상처라면
이 또한 나의 상급입니다.
내가 예수의 흔적을 지녔노라

교인

십 년 만에 이 교회의 교인이 된 이야기입니다.

십 년 전, 내가 원하는 것이 여기 있어 보여서 한 달 만에 등록을 하였지요.
(그동안 얼마나 많이 이곳을 떠나고 싶어했는가. 수도 없이)

언제든 떠나고 싶었습니다. 치유해야 할 교회가 왜 병들어 있냐며 불평이 쌓이고 측은한 마음 대신 지치는 마음이 커지고. 더는 못하겠으니 대신 보살필 사람만 찾습니다.

(내가 꿈꾸는 것은 여기 없고 도저히 살아날 희망도 없어 보인다. 떠나고 싶다⋯)

네가 꾸는 꿈은 무엇이었니
대단한 내 나라에 대한 소망이
있다는 걸 알겠지만
여기 많이 아픈 곳에서 나를
돌보는 이가 없구나
그 이상적인 공간은 아니지만
나와 함께하는 시간으로
만족할 수 있겠니

그렇게 무너지고 훼손당한 선생님의 여린 몸을 보게 되었을 때 무척 울어버렸습니다.
제가 원한 건 어떤 공간이 아니었어요. 선생님과 함께하는 시간이 제 꿈이었습니다.
그 꿈이 이 교회에 있다면
선생님 내가 여기 있사오니 나를 보내소서.

마중

그토록 보고 싶었던 선생님
갈 길이 아직 먼 데 달려와 나를 안
아주셨습니다.

고생 했다 아들아
참으로 고생 이 많았다.

마침내 그분의 얼굴을 뵈니
하염없이.

하염없이
눈물이 났습니다.

여기서 다 울고
들어가자.

그러고는 내가 메고 온 십자가를
대신 지십니다.

여기서부터는 내가 지겠노라
나도 의인의 도움으로
나의 십자가의 길을 마칠 수
있었느니라.

십자가를 지고 오지 않는
이들은 내가 대신 할 것이 없다.

너의 십자가는 내가 지겠노라

이것이 네가 받을

면류관이라.

에필로그

안녕하세요 선생님,
이 이야기는 누구에게도 말하지
못한…
채워지는 제 마음을 읽어 줄
이가 없으리라 생각했습니다.

매일 밤 천사와도 같은 이의
안부를 기다리다

먼저 안부를 물을 수도 있을까 하여 이 글을 시작했습니다.

이곳의 성도는 잘 있다는 안부이며 다른 곳의 성도께서
잘 계서주시길 바란다는 안부입니다. 훗날 우리는 서로를 알아볼 수 있을 것입니다.

결핍과 기름부음의 성도는
어딘가에는 물들어야 할 것 같은데
오만함과 무력함 사이
미숙한 아이처럼 어디에도
안착하지 못하고 있습니다.

그 주저함은,
그 성도는 실격일까요.

실격된 성도는 해방을 축하합니다.
먼 훗날 일생을 바쳐 마련한
값비싼 향유 곧 순전한 나드
한 옥합을 가져가
보좌에 앉으신 이에게 쏟으니
아무도 그 인생 허비했노라
책망하는 일이 없으며,

보좌 아래 온 성도 함께 둘러앉아
천사들의 노래를 따라 부르리라.

베다니 여인의 향유가 기억나는
도다!
순전한 일생을 받기 합당하신 분
께 열납되기를, 영광되기를!

그대
보통의 성도여
왕 같은 제사장이여
결핍과 기름부음이여

그의 보좌 앞에서 우리,
이곳이 성도의 안부입니다.
이곳이 성도의 안식입니다.

핸디북_큰글자책

보통의 성도 anointed

초판 1쇄 인쇄	2022년 12월 23일
초판 1쇄 발행	2022년 12월 23일

지은이	김 동 하
펴낸이	김 동 하

제작	북랩

펴낸곳	시온의 문
등 록	2014.1.2(제2015-000017호)
주 소	서울 서초구 반포대로 275, 122동 1301호
이메일	zion8476@naver.com
블로그	blog.naver.com/zion8476
인스타	@dongha_heaven0605

ⓒ 김동하, 2018, Printed in Korea.

ISBN	979-11-969697-1-4 00810 (종이책)
	979-11-969697-2-1 05810 (전자책)